새들이 해를 물어 놓았다

시작시인선 0364 새들이 해를 물어 놓았다

1판 1쇄 펴낸날 2020년 12월 30일
지은이 박태현
펴낸이 이재무
책임편집 박은정
편집디자인 민성돈, 장덕진
펴낸곳 (주)천년의시작
등록번호 제301-2012-033호
등록일자 2006년 1월 10일
주소 (03132) 서울시 종로구 삼일대로32길 36 운현신화타워 502호
전화 02-723-8668
팩스 02-723-8630
홈페이지 www.poempoem.com
이메일 poemsijak@hanmail.net

ISBN 978-89-6021-534-4 04810
        978-89-6021-069-1 04810(세트)

값 10,000원

*이 책의 국립중앙도서관 출판시도서목록(CIP)은 서지정보유통지원시스템 홈페이지(http://seoji.nl.go.kr)와 국가자료공동목록시스템(http://www.nl.go.kr/kolisnet)에서 이용하실 수 있습니다.(CIP 제어번호: CIP2020054387)
*이 책은 경남문화예술진흥원의 문화예술지원금을 보조받아 발간되었습니다.

새들이 해를 물어 놓았다

박태현

천년의
시 작

시인의 말

꽃이 피듯 발갛게 피어올랐다.
왕겨를 한 움큼 집어넣고 풍구를 돌리면
바람이 나오면서……

왕겨가 타고 나면 다시 까맣게 숨이 멎는 듯하는 걸 보면서
슬픔과 기쁨의 양면성을 느꼈다.

왕겨와 같이 많은 낱말들,
마음의 풍구를 돌려 피운 이 시편들,
독자 가슴에 불꽃을 피우는 시집이 되었으면 한다.

2020년 겨울
박태현

차 례

시인의 말

제1부

해 설

제1부

해

검은 보자기에 아버지가 괭이로 구멍을 내시자

풀려난 새들이 산 너머에 있는 해를 물어다 놓았다

어머니는 그 해를 들판에 호미로 온종일 숨기셨다

그러나 아이들은, 숨겨 놓은 그 해를 연필로 찾아내어
한 조각도
남김없이 뜯어먹고 있었다

더 검은 보자기에 싸이는 줄도 모르고 뜯어먹고 있었다

여론

가변콘덴서를 여의도에 맞춘다
뒤엉킨 동조 코일이 일어선다
부글부글 식은 증폭기가 끓는다

스피커가 두드리는 세상

사람들이 몰려든다
새들은 달아나고
소리를 사이다처럼 마신다
편견도 거품처럼

소리가 무성해진 일상
소리의 그늘이 우거지고
개미들이 우글거리고

번식하는 목젖
앵무새를 그린다
타조가 여의도로 몰려온다
광속으로

어부

바닷가 갯바위에 서서
흠뻑 비를 맞고 뛰어내리려는데
내 몸에 바닷물고기들이
매달리기 시작했다
팔에는 갈치가 무릎에는 자리돔이
앙상한 가슴에는 옥돔이
이 넓은 바다에 살 생각을 하지 않고
좁은 몸통에 매달리는가
푸른 독만 가득 들어있는 몸통
썩는 냄새는 바닷물고기에서
나는 게 아니라
내 몸에서 나는 것이라고
가장 날카로운 지느러미가
가장 멀리 가는 생명이라고 해도
바닷물고기들은 그치지 않고
자꾸자꾸 내 몸에 매달려
내 가족들에게 고통을 씌운
그물을 걷어내려다
그만두었다

우포늪 수양버들

흰 염소를 데리고 다니는 사람이
우포늪 왕버들 밑을 지난다

그가 아직
염소 목에 고삐를 묶지 않았는데

염소에게서 태어난 왕버들 줄기가
머리카락을 늘어뜨리지도 않았는데

저녁 우포늪 길, 이 넓은 우포늪을 눈 속에
다 집어넣은 염소의 발자국

우포늪 속으로
흰 염소를 몰고 사라진다

마지막 배추

내가 반찬 투정 부릴 때마다
아내는 텃밭 울타리를 뛰어넘었다

부엌칼 들고
더벅머리 댕강댕강
배추 목을 잘라
배춧국도 끓여 주었다
겉절이 무쳐주고

오,
그렇게 내 투정에
텃밭 목이 다 잘렸는데

아직 배추 한 포기가 방에
더 남아있다고 하는 아내 말

나는 반찬 투정을
할 수 없었다

그림자 족자

안방 블라인드 올리자
족자가 걸린다 두 자 폭
매화 족자가 벽면에 걸린다
농담이 선명하다 별빛이 스며
매화가 뚜렷하다 꽃과 줄거리
사이 보이지 않는 꽃술
저 꽃들의 작은 입을 생각한다
벌들이 드나드는 그 좁은
꽃술을 생각한다 두근거리며
가누어 온 먹물을 생각한다
두꺼운 내 눈에 부딪쳤다가 다시
되돌아간 향기들을 생각한다
그리움을 결박할 순 없어도
알지 못한 근원으로 한쪽이 시들고
수없이 왔다가 되돌아갔을 것이다
골 깊은 생각이 하얗게 떨어지는 밤
크게 밤공기 들이쉬니 장삼 걸친
사람이 들어선다

가지치기

해마다 감나무는 가지치기한다

감을 위한 가지치기일까
나무를 위한 가지치기일까

얼기설기 내 얼굴로 뻗은 마음가지
한 번도 내가 자르지 못한 내 마음가지

시가 나를 가지치기한다

몸을 위한 가지치기일까
마음을 위한 가지치기일까

홍시처럼 얼굴이 빨갛다

잉어가 올라오시니

봇도랑이 얕아서
지느러미가 높아서

푸른 비늘 일렁이는 보리는
부레처럼 탱글탱글한 보리는

봇도랑에 뿌린 잉어의 정액처럼 뿌연 안개 속에서
눈 홉뜨고 바라보네

수염 난 노장들 올라오시네
갑옷을 뻔쩍이며 올라오시네

찢어지는 수면
나뒹구는 햇살

보리밭이 비린내를 뿜으며 맑아진다

붉은 감

감나무가 농사지은 감을
닷새 전에 제주도로 보냈다
아직 도착하지 않았단다
잠이 파도에 흔들리자
감이 방바닥으로 굴러 나왔다
울음도 데굴데굴 굴러 나왔다
화물선 한 귀퉁이
꼭지 떨어진 감들이
붉은 이마를 서로 맞대고
우는 소리 같기도
뒷산 감나무가 우는
소리 같기도 하다
밤새 그 감들을 나는
정성스레 주워 담았다
그러면 그럴수록 부피가 늘어나
상자에 다 담을 수 없었다

자국

숲속에서
번호열쇠 달았다
고관절 바깥
밀착된 번호열쇠
손가락도
열 수 없는 번호열쇠
발가락도 모르는 비밀번호
그 속에 한 마리
딱따구리 갇혀있다
날카로운 부리의
딱따구리 한 마리
비만 오면
길을 쪼고 있다
눈길, 빗길, 밤길, 숲이 울창한 길로
톡, 톡, 톡, ……
천 리 먼
숲속의 발길
번지수를
찍고 있다

뒤

날개를 가진 등에 한 마리
외양간 소가죽 뚫어 피 빨아 먹고
사람 피까지 빨아 먹으려다
목이 모기장에 걸렸다
여태 도시로 농촌으로 어촌으로
돌아다니며 날개 없는 것들
피만 빨아 먹던 등에
조금만 뒤로 목 내밀면 사는데
그 뒤를 몰라 앞이 시들고 있다
어느 지역구냐고 물었는데
소의 혓바닥 같은
아랫배로 날 아래위로
훑는다

꿈

　농사꾼이라 그런지, 꿈을 꾸어도 그놈의 숨찬 농사다. 모를 내기 위해 낡은 트랙터에 쟁기를 채워 저녁 늦게까지 논을 갈고 있는데, 갑자기 둥근 걸음을 멈춰서는 바람에 살펴보니 심장이 멎어버렸다. 근래 몇 년 동안 덜덜거리는 몸으로 크고 작은 질환을 앓아왔으나, 그때마다 임시 처방으로 부러진 다리도, 금 간 늑골도 깁스해 가며 세월의 자락을 함께 넘어왔다. 그리하여 녹슨 바람이 자신을 죽게 한 나도 함께 따라가야 한다며 끌고 갔다. 한참 끌려가다 생각해 보니 트랙터는 고철 값이라도 지니고 떠난다지만, 내 몸뚱이는 이제 폐기물 처리 비용까지 물어야 하는 처지, 여태 나는 트랙터에 후진 기어가 있는 줄도 몰랐다. 전진 기어만으로 내 삶의 자락을 불개미처럼 넘겨 왔다. 그러나 일손이 없어 애태우는 이웃의 눈물 젖은 자락 한번 넘겨준 기억 없으니, 곧 용광로에 던져져 살과 뼈가 녹아내린다 해도 어느 정든 이웃이 있어 눈길 한번 잡아주겠는가. 그래도 잊지 못해 이승의 논밭을 돌아보다 그만 불길에 데여 눈을 떴을 때, 북창 너머 칠월의 장맛비를 맞고 있는 새벽 느티나무 한 그루, 유난히도 푸르게 보였다.

하지

호미가 이곳저곳 감자를 주워 먹고

하루살이를 밀잠자리가 얼른얼른 주워 먹고

제비가 밀잠자리를 냉큼냉큼 주워 먹고

구름이 제비를 감지덕지 주워 먹고

벌겋게 구운 감자 한 알 내놓는 하늘

시들지 않는 서재

천장을 지탱하고 있던 불빛을 내린다

빽빽이 등을 보인 채 돌아서 있던 것들

검은 개미들이 어디론가 가고 있다

항상 행렬을 이루며 가고 있다

목적지를 놓치지 않으려 돋보기

행렬을 오래 따라가다 더 침침해진 길

책상 위에 내려놓고 밖으로 나오는 길

불빛 속에 검은 개미들이 몰려든다

메주에 피는 꽃

콩을 삶아
메주를 만들어
망사 자루에 넣으려는
노부부

할매가
자루를 벌리면서
—손에 물기 없어
자루가 벌려지지 않는다 하자

할배는
—물기 없는 곳이
어디 한두 곳이라야지

그 말을 들은 할머니

메주 같은 얼굴에
갑자기 콩꽃
환하게 핀다

방랑

울음이 줄지어 간다

기절한 하루가 둥근 알약 하나 먹고 겨우 깨어나는
시간

가느다란 생각을 뒤로 묶고 앞으로 나아간다

목구멍이 아픈 듯 파리한 달

활공에 늘어진 목을 두루마리로 감싸는 허공

은빛 울음이 풀잎에 떨어진다

제2부

파를 다듬으며

마당에 쭈그리고 앉아
파를 다듬는다

남자가 파를 다듬는 것은
참, 처연한 일

도마 위에 파를 놓고
숭숭 써는 것은
더, 처연한 일

물이 냄비 뚜껑을
밀어 올리는 동안

된장이 냄새를
들고 밖으로 나오는 동안

둥근 냄비 속에서
뜨거움을 맛보아야 하는 너를

나는 파라고 불러야 하나
여보라고 불러야 하나

문서

마른논에
봇물을 넣고 써레질하자
봇물이 지나가는 연장선 위에
단단하던 흙덩어리들이
닥종이처럼 풀린다
허공에 무수히 인감을 찍어대던
선비들이 논바닥으로 내려왔다
굳기 전에 문서로 만들어야 한다며
다들 바쁘게 찍어댄다
뫼 산 자를?
다른 논을 마다하고
이 논을 산으로 만들라는 건지
평평한 논물을 당겨 가늠해 본다
쌀값이 헐해도 그렇지
농부는 그럴 생각이 없어
악착같이 써레로 지우는데
선비들은 저만큼 앞서서
더우면 부채를 부쳐가며 찍어댄다
점심도 거르고 농부는 지우는데
선비들은 미꾸라지로 생식을

해가며 찍어댄다
써레에 속도를 매달아 지우면
속도 뒤로 돌아가 몰래 찍어댄다
온종일 지켜본 하늘,
얼굴이 붉게 달아오르더니
마침내 먹물을 들이붓는다
온 논바닥에

선거 유세

그들은 제 목소리를 튀긴다
튀밥처럼 튀긴다
펑! 펑! 펑! ……

사방으로 흩어지는 공약들
유권자들이 주워 먹는 공약들

아무리 주워 먹어도
배가 부르지 않는 공약들
혓바닥이 까칠한 공약들
가스만 가득한 공약들

가문이 허물어지고
책이 휴지가 되는 선거철
족보라고 못 튀기겠어

뻥튀기 속에 그가
족보를 몽땅 움켜쥐고 들어가
웅크리고 있다

죽을 꿈길에 끓이다

자면서 죽을 끓인다
낱말을 섞어 시죽을 끓인다
조는 듯 엎드린 채로
때 묻은 생각은 허공에 부려놓고
창문 너머 눈썹달은 사라졌는데
피어오르는 김도 없이
건더기 없는 죽을 끓인다
텃밭을 다듬고 바다 껍질을 벗겨 내어
영양가 있는 죽을 끓이던 그 재료들은
어디 가고 멀건 국물만 남았는가
씹히는 것도 없고 독특한 맛도
간도 맞지 않는 죽을 방 안에서 끓인다
아무도 먹지 않을 죽
혼자 다 퍼먹고 다시 꿈길을 나선다
옆구리에 손가락을 꼭 끼고 느릿느릿
발자국도 안 남기고
길 없는 꿈길을

장화가 구두를 먹여 살린다

그 집 현관엔 검은 구두가 보이고 곳간엔 흙 묻은 장화
가 보인다
구두는 폐수에 오염된 악어의 두개골

넓적해진 두개골에 발이 닿으면 악어는 빌딩 수초 사이
로 떠난다
누우 떼를 만나면 겸손의 꼬리를 치켜들고 날카로운 이
빨을 드러낸다

오늘도 그 악어에 물린 누우들이 병실에 누워있다
악어도 옆구리에 상처를 입고 돌아왔지만
살점을 뜯긴 누우들은 다시 겸손 가까이 가지 않았다

악어는 먹잇감을 찾지 못해 배가 고픈 날이면
장화가 쌓아놓은 곳간을 찾으면서도, 두개골에 발만 닿
으면 그저
늪으로 갈 생각만 한다

그러나 장화는, 벼와 보리를 쌍분 꼴로 쌓아놓은 곳간 바
닥에 마주 앉아 나란히 늙어가고 있을 뿐

소리를 입다

하루의
밑단을 접고
뉴스를 입어본다
사건에 목이 졸려
리모컨 단추를 풀고
질식사를 벗어 던졌다
오락 프로로 다시
바꿔 입었다
옷이 너무 커 바람에
자락이 펄럭인다
속옷이 다 보인다
쓸데없이 큰 젖 마가목
가지 사이로
몰래 숨어든다
까치가 소리를 입힌다
생방송처럼

여름 산

노동의 쇄골들
푸른 산이 무너지고 있다
풀 하나도 빼놓지 않고
무릎을 다치는 오후
뻐꾸기 두 마리가
적송 우듬지에 숨어서
하얀 붕대를 푼다
뻐꾹-뻐꾹- 푼다
어디가 끝이고 어디가 처음인지
계절의 어스름에 묻혀
알지 못할 붕대 끝
뻐뻐국- 뻐뻐꾹-
감았다가 풀고
풀었다가 다시 감는
또 한 생
비탈로 무너지고 있다
저 산이 상처인 줄 몰랐다
그 상처는 그림자 되어
수시로 나를 감싼다

노인들

길거리 여기저기 흩어져 있다
한때 기둥에 박혀 녹이 슬도록 집의 무게를 견뎠을 못
뽑히는 순간 구부러져 망치로 두드려도 더 이상 똑바로
펴지지 않는 못
길거리 여기저기 모여 있다
다시 쓸 수 없는 구부러진 못
그 끝이 하늘을 가리킨다

밀양강

넓히는 것은 자제하고
깊이는 보여 주지 않는다
머물기보다는 흐르는 쪽이다
지향하는 바도 흐름이지
정지가 아니다
어쩌다 달의 장난으로
오르내리게 되었을 때의 억울함이여
거짓 울음을 버리고
달빛을 끌어안으며
별들의 사랑을 들여
바다가 부르는 소리를 듣는다
그것을 위해서
오늘도 흐른다
생생한 발자취 따라
한 걸음씩 너의 길을
따라온 달빛
속속 잎새들 돋아난다

분만

그 산부인과로 들어가는 임산부는 보이지 않았다 언제나
배가 불룩한 차들만 지하 주차장으로 들어간다 밖으로 나오
는 신생아도 보이지 않았다 차들만 주차장 밖으로 꾸역꾸역
기어 나온다 여기서는 차만 분만하는가? 길바닥을 개처럼
이리저리 핥고 다니는 차들, 우유도 모유도 빨지 않고 길에
떨어진 속도만 주워 먹고 차디찬 길바닥에서 잠을 자는 차
들, 숨도 안 쉬고 자는 저것들이 무더기로 몰려오면 그 산
부인과 신생아들은 그제야 눈을 뜬다

잉어와 목발

사내가 못가를 돌고 있다

자신의 허벅지에 어제
커다란 아가미가 생겼기 때문이다

움직일 때마다
꼬리지느러미가 흐느적거린다

미끌미끌 점액이 흐르는 잉어
철퍼덕! 벤치에 내려놓는다

잉어들이
못에 놓아주라고 아우성이다

목발이 잉어를 묶어놓고 있다

잉걸불 이글거리는 노을
목발을 태우고 있다

나리꽃

아랫도리 벗은 바람이
조리돌림당하다
느티나무에 피가 묻는 동구
허공으로 굴러다니는 소리를
걸러내고 있다
붉은 깔때기를 허공에 대놓고
굵은 장끼 목소리도 걸러내고
모난 노루의 목소리도 걸러내고
상냥한 새소리만
꽃대 속으로 밀어 넣는
차오르는
저 붉은 여자를 보고
나는 나리꽃이라 부른다

바다

엄마는 장에 가고 없었다
여섯 자매는 찬장 속
마른 멸치를 꺼내 고추장에 찍어 먹었다
큰언니가 입단속했다
―엄마한테 절대, 멸치 먹었다고 하면 안 된데이!

멀리 위태롭게 혼자 걸어오는 엄마
힘주어 부축하지 않으면 당장이라도 쓰러질
고무 함지 이고 간신히 삽짝 밀고 들어서는 엄마
힘이 솟구치게 하는 막내

―엄마,
우리 며루치 안 먹었데이!

그 여름의 선풍기

　계절이 바뀌고 집 안이 시원해지자, 쉬지 않고 무더위 식혀 주던 그를 바깥으로 내몰았다 만적이가 벗어둔 삼베 적삼 같은 땀 어룽, 덕지덕지 소매에 쌓아놓고 언제나 그의 가슴을 누르기만 하면 덜덜덜, 숨찬 목소리 내면서도 시원한 바람을 내주던 몸뚱이, 가만히 있어도 진땀 흐르는 숨통 막힌 집 안, 식구들이 손 내밀 적마다 그도 속으론 과부하로 열 받았던 모양, 전류가 흐르던 머릿속 코일이 끊어졌다 창고 바닥에 부려놓고 마른 울음으로 붉은 녹물을 아무리 닦아도, 손바닥으로 가슴스위치를 수없이 두드려도 이제 날개 한 번 움직이지 않는다 목뼈마저 부러진 채, 풍화된 삶의 이력만 차디찬 창고에 쓸쓸히 날리고 있다

바람의 목줄을 보았다

굵은 줄로
호랑나비의 목을 묶어
바람이 끌고 간다

저 파닥거리는 날갯짓

백일홍 꽃잎으로 끌고 갔다가
장미 꽃잎 속으로 끌고 갔다가
다시 목줄을 잡아당겨
봉숭아, 국화, 채송화,
꽃으로 끌고 다니다
하늘의 꽃술이 보이지 않자

호박 잎사귀 뒤에
호랑나비를 묶어두고
발바닥 들고
하늘로 떠난다

제3부

새

산이 새를 기르지 않네

한 발자국도 움직일 수 없는 산

새들이 산을 기르네
산나무 열매를 본 산새처럼

산의 뿌리를 물어다 빈자리마다 꽁지깃으로 푸른
구덩이 파고 기르는 새

석양에 뒷산이 무너지자

곤줄박이 두 마리가 무너지는 산을 등에 짊어지고
나란히 앞산으로 소복하게 옮기네

용천사

범종은 울지 않고
만자기 없는 깃대는 흔들리지 않고
동백꽃 피는 금동 개울가
폐허가 된 절이다
금동부처가 살던 절이다
부처 같은 여자가 살던 절이다
해마다 동백꽃 피면
폐허가 된 그 절을 동백꽃으로 물들였는데
사람들은 동백꽃에 홀려 그 절로 갔는데
촛대며 향로며 향기 나던 풍경은
바닥에 떨어져 있고 비늘이 벗겨진
목어는 비늘이 벗겨진 채로
십 년 동안 허공에 묶여 있다
부처를 똑같이 닮은 사람이다
혀가 없는 사람이다
한곳만 바라보던 뚱뚱한 사람이다
마침내 동백나무 속으로 들어가
용이 된 사람이다

제 그림자

날마다
사람들이 밟고 다닌다
제 그림자

살얼음보다 더 얇은 그림자
바람보다 더 가벼운 그림자
그러나 찢어지지 않는 질긴 그림자

오늘도
제 그림자에 싸인 사람들
제 그림자가 사람을 제 그림자 속으로
끌어들인다

마침내 질식한다
너도 날마다 질식한다
물론 나도

텃밭 부부의 말

호박과 오이는 서로를 잘 안다고 생각했다

그래서 둘은 텃밭에 함께 살기로 했다

뿌리째 텃밭에 옮겨 둘은 함께 살았다

그러다 열매가 서로 달라지자

때론 한없이 원망스럽다고 했다

그러나 둘은 꽃이 마를 때까지

잎과 줄기가 다 마를 때까지

한 번도 그 텃밭에서 떠나지 않았다

밤비

오늘 밤 또, 따른다

쪼르륵~ 쪼르륵~ 술 따른다

개다리소반 툭! 툭! 툭! 두드리고

넋두리 추적! 추적! 청상의 넋두리

은장도 번쩍거리는 캄캄한 마당

머리 풀고 비틀거리는 울 어머니

웃음의 씨앗

웃음을 들고
여자가 걸어온다
무게가 없는 웃음 하나
사내가 받아든다
끊어지지 않는 웃음
사내가 여자에게 끌려간다
웃음을 놓지 못하는 사내
입술로 끊으려 한다
입술을 벌렸다 닫았다
여자 웃음의 씨앗이 튀어나왔다
어금니로 사내가 씨앗을 깨문다
웃음의 껍질이 벗겨졌다
발아가 되기 시작한 웃음
입에서 자라는 웃음
방 안에서 반짝이는 열매

실과 바늘

서로의
아픔은

발길
저 끄트머리
한 매듭으로
묶어두고

절면서 걷는 걸음
불빛으로 등을 감싼 채

눈이 먼 아내가
외다리 남편의 귀를 붙잡고

구멍 난
생활을 메우며
맨발로 가고 있다

와불

무더위에 갇힌 밤
모기가 대롱으로
얼굴을 찔렀다
그 모기 잡으려다
여태 남의 피만
빨아 먹고 살았는데
저 작은 몸뚱이로
하룻밤 피를 빨아야
얼마나 빨겠느냐며
꿈의 모기장을 펼쳤다
새소리가 극락을 이루는 아침
족방사 적멸보궁
배 불룩한 모기 한 마리
탱화처럼 벽에 걸려 있다
어젯밤
나도 모르는 사이
와불이 되었던 나
얼굴에 우담발라 활짝 핀
삼천 년 와불

거미줄 현수막

담장 높은
그 집

호랑거미가 거미줄 현수막을 걸어놓았다

헬라어 같기도
아랍어 같기도 한 글씨체

그 글씨를 읽지 못하는 나비들
그 집 안으로 들어가다
목이 죄어 숨이 졌다

하나같이
어학연수 못 간
나비들

지구의 풀

기러기 떼가 달밤에
파먹은 뺨
움푹 뼈가 드러난 뺨
진물이 흐르는 뺨

새살이 돋는
참으려 해도, 환부가 가려운
웃음부터 나오는

무덤 속
이것이, 손가락이 먼저 내미는
왼쪽 뺨을 만지면
오른쪽 뺨이 붉어지는

네 둥근 뺨의 절기

덫

곳간
쥐가 잘 다니는
그늘진 곳에 끈끈이 쥐덫을 놓았다

그늘의 습성이 달라붙었다
살금살금 쥐덫에 달라붙었다

언제부턴가 그의
그늘진 늑골 사이로
살금살금 쥐 한 마리 들어왔다

보드라운 흑발, 바디 워시에 빠진 생쥐 한 마리
끈끈이 쥐덫을 놓아도
안 잡히는

오늘 밤에도 갉고 있다
공양미 삼백 석

가을비

매운 제 그림자를 말아 먹은 나무들이 식은땀 흘리고 있다

길거리 사람들이 바삐 우산에 끌려간다 누가 손을 끄는 빗
줄기를 보았다 했다

전깃줄에 비둘기 두 마리가 고개를 아래로 수그리고 가는
면발을 부리로 빨아들이고 있다

높은 산은 주름진 눈꺼풀을 감았다 떴다

저녁은 안개를, 안개는 저녁을 뜯어 산의 주름을 감추
고 있다

매미와 압력솥

뼈만 남은 오리나무들
눈만 붙은 누리장 식구들
여름이 오면 매미들은 그들 곁에 붙어서
압력솥으로 밥을 끓여 주네
씨-익-씩, 씨-익-씩……
신호추 돌아가는 소리
다 끓인 솥에서는 치-익-
솥뚜껑 여는 소리

훌쩍!
그 밥 먹은 나무들 덩치 커질 때
누리장 식구들도
떨어진 밥알만 주워 먹은 억새 친구들도
한 김처럼 훌쩍!

죠스

한꺼번에 여러 사람을
통째로 삼킨 죠스

배 속 사람들
비명도 지르지 못하네

어리둥절 서로
얼굴만 쳐다보네

배가 부른 죠스

작은 섬 하나 없는
넓은 바다로 헤엄치네

가슴지느러미를 펴
번쩍거리며 헤엄치네

구름산호 사이로
유유히 사라지네

독감

눈과 코만
있는 놈이
유령 같은 그놈이

사정없이 나를 잡고
공중으로 돌릴 적에

어지럼을 무릅쓰고
일주일을 버텼는데

저도 민망했던지
날 그만 내려놓고

슬금슬금
옆 사람한테
다가가네

별사탕

하루의 봉지가 터졌다

밤하늘 여기저기 흩어진 별사탕

달이,
별사탕을 깨트리고 있다

밤마다
오도독, 오도독, 깨트리고 있는 달

이빨
다 망가져
잇몸만 남은 그믐달

붉은 못

독거나무집 마당
꿈틀거리고 있다
지렁이 한 마리

밟지도 않았는데
저 소리 없는 불꽃

잉걸불처럼 이글이글
지렁이 속살까지

가족이 다 빠져
할머니 몸 날마다
물이 새는데

공중에
새 한 마리
풀무질하며
주조해 놓았다

붉은 못 하나

그날은 담배벌레가 아팠다

조금만 더 조금만 더, 하다가 눈 부비며 새벽잠 털고 일어
난다 학교도 가야 하는데, 당번이라 일찍 가야 하는데, 소
는 앞산에 올려놓고 이슬 밭에 담배벌레 잡는다 담배 연기
같은 안개 속에서 병목까지 벌레를 채우다 보면 어느새 등
교 시간, 허겁지겁 등교 시간 퍼먹고 마른 종소리 등에 업
고 햇살이 엎질러진 이십 리 고갯길을 굴러 내려가면 배 속
에선 출렁출렁 물소리가 났다 교문에 이르러 텅 빈 운동장
에 혼자 들어서면 오늘도 지각이구나 하는 생각에 나는 그
만 풀잎에 묻은 이슬처럼 고개 떨구고 가만히 교실에 꿇어
앉아 있으면, 바닥에 떨어진 담배벌레 한 마리가 선생님 곁
으로 기어가고 있었다

추락

　방랑의 한 생이 풀밭에 누웠다 개미들이 흩어졌던 오늘
을 불러 모아 장례를 치루었다 깃털은 제 것이라고 바람이
속수무책 거두어갔다 눈물 한 방울, 새벽마다 풀잎이 제단
에 바친다

제4부

뚜껑

수탉이
목구멍으로 하루의 뚜껑을 열자 새벽이
바지게에 넘쳐흐르고

매화의 뚜껑을 벌이 입술로 열자
매향이 코 안에
흘러넘친다

열리지 않던 옆집
과수댁의 펑퍼짐한
뚜껑

앞집 홀아비의 허풍으로
열리지 않던 그
뚜껑

보리밭에서
종달새가 열었다

병따개 없이 열었다

퇴고

이랑을 깔고 앉아
나는 김을 맨다
보리와 보리 사이 잡풀도
뽑고 겨우내 얼어 죽지 않은
돌멩이도 뽑는다

보리밭은 퍼석 말라
흙먼지가 말줄임표를 날린다
뒤를 돌아보았다 이랑 위
퍼질러 앉았던 엉덩이 자국은 무덤을
방금 파헤쳐놓은 것 같았다
잡풀도 남아있었다
돌멩이도 남아있었다

다시 일어나기 싫어하는
엉덩이 의존명사를 달래
밭머리로 또다시 돌아갔다
토씨처럼 보리 곁에
바짝 붙어있던 뚝새풀도 더 뽑고
그 흔한 은유의 돌멩이 더 골라내고

무덤 같은 표현의 구덩이는
직유로 평평하게 메웠다

풋보리
서정시가 일렁인다

칼국숫집에서

칼국수 같은 사람이
칼국수를 먹고 있다
흐물흐물한 사람
구불구불 흐르는 사람
후루룩, 후루룩
들깨가 들어간 국물을 들이켠다
들깨처럼 으깨진 삶의 구근들
씹을수록 구수한
칼국수 한 그릇 말끔하게 비우고
뭔가, 아직 허전한 모습
뭔가, 아직 더 먹을 게 남아있다는 모습
자리에서 일어나지 못하는 칼국수
아, 칼이 남았구나
후식으로 먹어야 할 칼
장엄한 그 칼

울음꽃

한 무리의 새들이 나뭇가지
속에서 운다 새의 울음은 모두
아름답다 장미보다 붉고 개나리보다
노랗다 울긋불긋 새의 울음
울음 무지개
제 울음을 타고
새들은 극락으로 건너간다
주검이 보이지 않는 새들
주검을 건넌 불사조
내 울음을 타고
극락으로 건너가지 못할 나
이승에 떨어질 나
오늘도 제 울음에
꽃을 피우는 새들처럼
우거진 가시덤불 속에서
새똥 같은 눈물이 떨어질 때까지
울어야겠지
내 울음에 찔레꽃이 필 때까지
하얗게 울어야겠지

솔숲에서

입술로 시간을
토닥거릴 때
입가에 때가
잔뜩 묻을 때

한 번도 꺼내
빨지 않은 내 말
빨래하러 숲속으로
한 짐 지고 간다

산새 소리
졸졸졸 흐르는 숲
다람쥐꼬리로 두들겨
뻐꾸기 울음에 헹구면서

이곳은 말의 빨래터라고
말에 향이 나는 빨래터라고
달빛 아래 토닥거려 보았다
숲속에, 모든 숲속에

물감 속으로

꽃들의 물감
참, 곱다

가지를 분질러봐도
뿌리를 캐봐도, 물감을 찾을 수 없다

캄캄한 흙 속에 있다

슬프다

더 좋은 물감을 찾아 흙 속으로 흙 속으로 파고드는
뿌리들

그 흙 속으로 들어간 조상들
아무도 밖으로 나오지 않았다
꽃들의 물감이 되고 싶어
아무도 밖으로 나오지 않았다

산 꿩 우는 날,
삽 들고 곡괭이 메고 물감 찾아 떠난 아버지

둥근 칼

언제나
허공에 걸려 있는 칼
멈춘 듯 회전하며
닥치는 대로 자르는 칼

꽃도 자르고
이파리도 자르고
시간도 자르는 칼

날마다 목숨을 자르고 있다

작년에
아버지를 신위로 잘라놓고
그 무덤 속에
뼈와 살까지 자르는 저 둥근 칼

소리 없는 칼
오늘 밤 내 머리 위에서
초고속 돌아가고 있다
네 머리 위에서

산길

혼자 산길을 간다
껑충껑충 뛰어간다
숨이 차, 우뚝! 노루처럼 뒤돌아본다
구불구불한 산길
어미 소 큰 눈 가득 무서움 질펀한 산길
뻐꾸기 울음이 잘려 나간
소나무 옹이에 무서움이 감겼던 산길
어머니 등불이 개밥바라기 별처럼 가물거리던 산길
이제 뻐꾸기 부리만 남은 산길
늙은 노루처럼 간다
비 오는 한밤중

탓

　두꺼운 내 귓바퀴를 낚싯바늘같이 날카롭게 세우자 낚인 잉어 한 마리가 망태기 안에서 툭, 툭 ,툭, 자신을 쥐어박으며 제 몸 비린내가 벗겨지도록 싸우는 소리가 들린다 누르스름한 떡밥 같은 제 몸뚱이로 망태기를 쥐어박을 때마다 몸통은 그놈의 식탐 많은 주둥이 때문에, 주둥이는 미끈한 몸통 때문에, 꼬리는 주둥이와 몸통 때문에 끓는 솥에 따라 들어가게 되었다고 겨끔내기로 싸우고 있는 내 집 안 소리가 들린다

　나는, 물속 망태기를 들여다보았다
　온몸에 비늘이
　내 손톱 같은 잉어 한 마리 들어있었다

청둥오리들

팔이 부채이니 몸통은 화근, 그는 아직 부채가 있어 심장을
식힐 수 있다

제 몸 좌우로 부채를 달고 태어난 청둥오리가 할 수 있는
최대의 방어란 갑자기 부채를 꺼내 드는 일

살얼음 갈린 늪지에 뜨거운 심장이 떠오를 때까지 부채질
하는 무리

추억을 기억해 내는 미세한 문장들

갈대 아래 그 물결 위에 하늘 밑단을 접어 올리고 있다

오리! 하고 내가 꺼내 드는 소리에 부채를 부치는 무리

아직 살아있어서 죽음을 기억해 낼 수 있는 네 청둥의 고
도는?

컵

컵은 입이다

언제나 목구멍이
훤히 다 보이도록 웃는 여자
훤히 원주율을 알고 있는 여자

둥근 입은 계산으로 되는 것이 아니라고

갈증을 모르는
어떤 여자처럼 나아와 끝없이 침묵하지 않는

고개 돌리지도
천박하지도, 시끄럽지도 않은
그냥, 우아하게 섞어주는
따뜻한 말

둥근
컵 속으로 파이가 들어간다
보름달처럼
향기로운 혀

빨래터

아낙들이 함지에 이고 온
이야기를 내려놓고 있다
계곡물 흐르는 도랑

흙 묻은 바짓가랑이 이야기
얼룩진 저고리 고름 풀린 이야기
수북이 밀려드는 곳

지워지지 않으려고 빈 몸을
붙잡고 있던 삶의 이야기들
감나무 방망이 얻어맞고
찔끔찔끔 기어 나오는 곳

사각의 고요가 입술 부풀려
마지막 이야기를 부추기면
조그만 동심원 그리며
눈물도 함께 떠내려가던 곳

지금도 수다한 그리움
뜬눈으로 흐르는 그곳

운지버섯

밤나무 태운 연기가
흰 뱀처럼 몸을 비틀며
산으로 사라진다
하얗게 말라죽은 밤나무 한 그루
잔잔한 바람에 가지가 낭창거리는
살아있는 나무들과 나란히 서있다
어둑한 산길을 밝히는 저 환함,
눈부시다 층층의 저 구름
죽어서 운계에 도달한 운지버섯
층층 구름으로 자욱한 운지버섯
죽음이 삶보다 밝을 수 있다니
내가 그대를 알 수 있었던 것은
그대 구름이 빛났기 때문
천재 예술가처럼 다양한 형상
그러나 죽음을 뛰어넘는 사랑도
물관을 통과해야 완성되는 것
그대는 죽음을 통과한 구름의 몸으로
나는 구름 아래 기어가고 있는
밤벌레, 한 뼘 길 위에
어둑하게 서있을 뿐이다

논개

덩굴강낭콩
가느다란 줄기가
탱자나무 가시 그
사이사이로 오른다

뾰족뾰족
침략의 가시
피 묻은 이야기
주머니 속에 감추고
옥가락지처럼 감고
목을 향해 오른다

서러운 손의
보드라움에 덮여
탱자나무가
꼬꾸라진다

강낭콩
푸른 치마가
바람에 강물처럼
출렁거린다

해 설

경험적 실감과 공동체적 기억으로 수행해 가는 시 쓰기의 위의威儀

유성호(문학평론가, 한양대학교 국문과 교수)

1. 존재와 언어의 확산

박태현의 새 시집『새들이 해를 물어 놓았다』는 시인 스스로 오랫동안 쌓아온 경험적 실감과 공동체적 기억에 대한 육필의 기록이자 실존적 고백록으로 다가온다. 그의 시는 스스로 겪어온 시간에 대한 남다른 경험 형식으로 씌어지는 특성을 지니는데, 특별히 이번 시집은 지나온 시간의 흔적에 대한 놀라운 해석과 판단의 깊이를 보여 준다. 그만큼 박태현의 시는 이 폐허와 절멸의 시대에 아직도 우리가 서정시를 쓰고 읽는 까닭이 그러한 조건에 대한 상상적 치유와 견딤에 있다는 것을 적극 암시해 준다. 그 점에서 박태현 시인은 오랜 시간의 흔적을 순간적 함축 속에서 발화하고 구성함으로써 존재론적 현기眩氣를 수반하는 미학적 차

원을 끈기 있게 성취해 간다. 그것은 시인이 세계 안으로 자신을 온전하게 투사投射하면서 존재와 언어의 확산을 꾀하고 있기 때문에 가능한 것이기도 하다. 이렇듯 박태현의 시는 내밀한 감각과 사유를 진중하게 결속해 가는 과정을 보여 주면서, 그러한 형질을 통해 가장 빼어난 서정의 한 극점을 이루어가고 있다. 이제 그 세계 안으로 한 걸음 들어가 보도록 하자.

2. 신비롭고 능동적인 존재자로서의 감각과 사유

박태현은 가장 근원적인 세계의 질서를 관찰하고 탐구하고 표현해 가는 전형적인 서정시인이다. 그는 자신이 축적해 온 지상의 언어를 통해 사물 자체의 본성을 고스란히 재현해 내는 상상력을 일관되게 보여 준다. 뭇 생명의 의미를 인간적 문맥으로 치환하지 않고 그네들 본성대로 바라보는 시선을 통해 시인은 온갖 타자적 억압에 눌린 존재자들을 자유로이 풀어놓는다. 사물의 본성 자체에 귀를 기울이는 이러한 태도는 강조해 마땅한 서정시의 제일의적 기율일 터인데, 특별히 박태현 시인은 어떤 사물도 인간이 서열화하는 합리성의 잣대로 포괄되는 것을 거부하는 특성을 보여 준다. 인간 이성이 규율하는 맹목의 합리성보다는 최대한 사물 자체로 직핍直逼하여 거기에 귀를 기울임으로써 존재 자체의 신성함을 노래하는 것이다. 참 귀한 일이다. 다음 시편을 먼저 읽어보자.

검은 보자기에 아버지가 괭이로 구멍을 내시자

풀려난 새들이 산 너머에 있는 해를 물어다 놓았다

어머니는 그 해를 들판에 호미로 온종일 숨기셨다

그러나 아이들은, 숨겨 놓은 그 해를 연필로 찾아내어
한 조각도
남김없이 뜯어먹고 있었다

더 검은 보자기에 싸이는 줄도 모르고 뜯어먹고 있었다
─「해」전문

이 작품은 박태현 시의 정수精髓를 선연하게 보여 준다.
시의 문맥은 제목에서 유추되듯이 '해'의 움직임을 관찰한
과정으로 짜여 있다. 농경적 친화력으로 살아온 시인으로
서는 '해'의 이러한 운행과 속성에 대한 실감을 기록하기에
맞춤이었을 것이다. 시인은 '아버지/어머니/아이들' 일가─
家가 '해'와 만나는 방법을 배열해 간다. '아버지'가 괭이로
검은 보자기에 구멍을 내시자 여명이 열린다. 그때 풀려난
새들이 산 너머 해를 물어다 놓자 그 아래서 비로소 하루가

88

시작된다. '어머니'는 호미로 들판에다 해를 눌러 숨기셨는데 이는 아버지가 연 하루를 매듭지으면서 노동의 결실을 땅에 묻는 몸짓을 함의하는 것일 터이다. 그런데 아이들은 "더 검은 보자기"에 의해 감싸이는 줄도 모른 채 부모의 결실을 연필로 찾아내 뜯어먹고 있다. 여기서 '해'를 부르고 숨기시는 '아버지/어머니'는 농경의 시간을, '해'를 찾아 뜯어먹는 '아이들'은 부모의 헌신과 배려로 세상에 나아가는 시간을 함축한다. 그리고 '괭이/호미'와 '연필'의 대조가 확연하게 이어지면서 농촌 가정의 전형적인 세대론世代論이 가감 없이 펼쳐지는 것이다. 이처럼 "슬픔과 기쁨의 양면성"(『시인의 말』)으로 감싸인 농촌 사회의 인정과 풍경은 더없는 향수와 고단함을 한꺼번에 전해준다. 이제 박태현을 언급할 때마다 대표작 가운데 하나로 인용될 이 아름다운 작품은, 시인의 체험이 직접적인 저류底流를 이루는 가편佳篇인 셈이다. 다음은 어떠한가.

산이 새를 기르지 않네

한 발자국도 움직일 수 없는 산

새들이 산을 기르네
산나무 열매를 본 산새처럼

산의 뿌리를 물어다 빈자리마다 꽁지깃으로 푸른

구덩이 파고 기르는 새

석양에 뒷산이 무너지자

곤줄박이 두 마리가 무너지는 산을 등에 짊어지고

나란히 앞산으로 소복하게 옮기네

—「새」 전문

　'산'이 '새'를 기르지 않고 '새'가 '산'을 기른다는 것은, 앞
에서 본 '새'가 '해'를 물어 나른다는 발상을 일정하게 계승
하고 있다. '산'은 한 발자국도 움직일 수 없고 '새'는 부지런
히 '산'의 뿌리를 물어 꽁지깃으로 구덩이를 파고 길러낸다
는 발상이 바로 그것이다. "산나무 열매를 본 산새처럼" 부
지런히 산을 등에 짊어지고 옮겨가는 "곤줄박이 두 마리"야
말로 해거름에 무너진 뒷산을 되살리고 길러내는 존재자인
것이다. 앞산으로 소복하게 옮겨진 뒷산은 그렇기 때문에
'새'의 숭고한 노동에 의해 제자리를 찾게 되었던 것이다. 그
렇게 박태현의 시에서 사물들을 자연스럽게 만들어내는 힘
은 자연 스스로의 운행 원리와 그 결실이 이루는 선순환 구
조에 있다. 박태현 시학의 상징적이고 구체적인 거소居所도
바로 '해'와 '새'가 그려 보여 주는 동선動線에 있는 것이다.
　이처럼 신비롭고 능동적인 존재자로서 가지는 박태현 시

인의 감각과 사유는 가시적 표상에 마음을 붙잡아 매지 않고, 보이지 않는 자연의 거대한 움직임을 투시하고 있다. 이러한 시선과 언어는 시인으로 하여금 몸과 마음속 깊숙이 자연의 운행을 내면화하게끔 하면서, 오래도록 견지해 온 농경적 삶의 정체성을 이어가는 일관성을 허락해 준다. 이러한 가치의 재구성을 위해서는 오랜 결핍과 상처를 치유하려는 시적 비전이 필요한 법인데, 박태현의 시는 이러한 요구에 합당한 언어로 짜여 있는 셈이다. 말하자면 그는 신성한 마음에 바탕을 둔 채 궁극적 기원起源을 추구해 가는 서정시인이라고 말할 수 있을 것이다.

3. '사라짐'과 '울음'의 순간에 대한 소환과 응시

그런가 하면 박태현은 지상의 질서를 누리다가 사라져가거나 혹은 울음을 안으로 삼키는 존재자들을 소환하고 응시하는 미덕을 보여 준다. 이때 그의 시는 시인 자신의 삶을 보다 높은 인생론적 차원으로 끌어올리는 의지에 의해 채워져 간다. 따뜻한 감동에 따른 순수한 마음의 회복을 추구해 가는 섬광이 자신만의 존재론적 현현을 수행하는 순간을 잘 보여 주는 것이다. 이렇게 시인의 마음은 어둑하게 사라져 가는 것 혹은 울음으로 스스로를 증언하는 것을 배후로 거느리면서, 그 안에서 새롭게 솟구치는 신생의 순간을 노래한다. 원초적 그리움을 안고 있으면서 동시에 어떤 안간힘

에 의해 지속되어 가는 삶의 속성을 담아내는 이러한 마음
은, 역설적으로 그에게 삶의 본질을 새겨가는 유일한 방식
을 허락해 주는 것이다. 말하자면 사라짐과 울음의 순간으
로 하여금 그의 독자적인 방법론이 되게끔 해주는 것이다.

> 길거리 여기저기 흩어져 있다
> 한때 기둥에 박혀 녹이 슬도록 집의 무게를 견뎠을 못
> 뽑히는 순간 구부러져 망치로 두드려도 더 이상 똑바로
> 펴지지 않는 못
> 길거리 여기저기 모여 있다
> 다시 쓸 수 없는 구부러진 못
> 그 끝이 하늘을 가리킨다
>
> ─「노인들」 전문

　자연 연령으로 노인에 속한다는 것은 그 자체로 어떤 사
라짐의 전조前兆라고 할 수 있을 것이다. 아닌 게 아니라 노
인들은 길거리에 흩어져 있는 "다시 쓸 수 없는 구부러진
못"으로 비유되고 있다. 한때는 기둥에 박혀 녹이 슬도록
집의 무게를 견뎠지만 이제 그 시간이 지나고 구부러져 버
린 못이 되었다. 낡고 녹슨 못은 망치로 두드려도 펴지지
않는 처지가 된 것이다. 그렇게 길거리 여기저기 모여 낡아
버린 끝으로 하늘을 가리키는 '못'의 행렬은 한 시절의 오고
감을 물리적으로 인화印畫하면서 동시에 어둑하게 사라져가

는 시간의 묵시록을 암시해 주고 있다. 물론 이 작품은 노인들의 형상에서 "들깨처럼 으깨진 삶의 구근들"(『칼국숫집에서』)을 읽어내고는 있지만, 그 안에 오래도록 그 삶을 견뎠을 '노인들'에 대한 암묵적 헌사도 역설적으로 담겨 있다고 해야 할 것이다.

한 무리의 새들이 나뭇가지
속에서 운다 새의 울음은 모두
아름답다 장미보다 붉고 개나리보다
노랗다 울긋불긋 새의 울음
울음 무지개
제 울음을 타고
새들은 극락으로 건너간다
주검이 보이지 않는 새들
주검을 건넌 불사조
내 울음을 타고
극락으로 건너가지 못할 나
이승에 떨어질 나
오늘도 제 울음에
꽃을 피우는 새들처럼
우거진 가시덤불 속에서
새똥 같은 눈물이 떨어질 때까지
울어야겠지

내 울음에 찔레꽃이 필 때까지

하얗게 울어야겠지

—「울음꽃」 전문

'울음'이라는 행위를 통해 사슬처럼 이어진 '나–새–꽃'의
관계론이 펼쳐진 작품이다. 나뭇가지 속에서 울려오는 새
들의 아름다운 울음은 꽃보다 훨씬 강렬한 원색을 갖추고
있다. "울긋불긋 새의 울음"은 "울음 무지개"라는 이미지를
낳고, 새들은 제 울음을 타고 극락으로 옮겨간다. 이때 "주
검을 건넌 불사조"는 이승에 떨어질 '나'와 대조를 이루는
데, 그러니 자연스럽게 '나'는 제 울음에 꽃을 피우는 새들
처럼 우거진 가시덤불 속에서 눈물이 떨어질 때까지 울어야
한다. 따라서 시인이 찔레꽃 필 때까지 울어야겠다고 고백
하는 것은 불가항력의 조건에 대한 승인도 되고 가파른 삶
에 대한 다짐도 된다. 그렇게 피워낸 '울음꽃'은 울음을 통
해 가장 선연한 꽃을 피운다는 역설의 한순간을 원숙하게
들려주는 순간이 아닐 수 없다.

이처럼 박태현의 시는 경험적 깊이와 내면적 진정성을 통
해 자신만의 기억과 가치를 가능하게 한 삶의 늙어감과 울
음의 속성을 진중하게 노래하고 있다. 비록 불가피하게 낡
아가는 기억일지라도 폐허와도 같은 세상을 걸어가는 시인
에게 그것은 두려움을 넘어서는 역동성과 생동감을 함께 부
여해 준다. 그것은 빠르거나 이르지 않고 느리거나 늦은 것
이다. 이러한 것들과의 경험적 동질성에서 발원하여, 박태

현 시인은 한없이 멈칫대고 안으로 침잠하는 방식을 택하면서 그 형상을 '늙음'과 '울음'에서 찾아간다. 이러한 과정은, '사라짐'과 '울음'의 순간에 대한 소환과 응시야말로 박태현의 시가 씌어지는 둘도 없는 실존적 뿌리였음을 알려주고 있는 셈이다.

4. 농경적 체험의 뿌리와 공동체적 기억

박태현의 시는 농경적 체험의 뿌리를 가지고 있다는 점에서 풍경 시편, 산책 시편, 전원 시편과 현저하게 구별된다. 서정시가 지녀온 가장 중요한 원천이 불모와 폐허의 현실을 견디는 힘에서 발원한다는 점에서, 그의 시는 이제는 사라져가는 농경적 힘에 대한 애잔한 추인 과정으로 점철되어 있다는 장점을 지닌다. 있어야 할 것의 결핍, 한때 분명하게 존재했던 것들의 부재, 이러한 결여 형식에 대한 원형적 반응이 바로 그의 시에 나타나는 강렬한 그리움의 힘일 것이다. 이때 '그리움'이란 한때의 욕망이 서서히 탈색하여 이제는 부재를 견디는 힘으로 작동할 때의 정서를 이르는 것이다. 그 점에서 시인은 이번 시집 곳곳에서 흙을 향한 그리움의 파동을 채집하고 표현하면서 자신을 그 안으로 결속해 가고 있다. 자신이 태어나 자랐고 이제는 삶의 토양이 되어버린 곳으로 말이다.

호박과 오이는 서로를 잘 안다고 생각했다

그래서 둘은 텃밭에 함께 살기로 했다

뿌리째 텃밭에 옮겨 둘은 함께 살았다

그러다 열매가 서로 달라지자

때론 한없이 원망스럽다고 했다

그러나 둘은 꽃이 마를 때까지

잎과 줄기가 다 마를 때까지

한 번도 그 텃밭에서 떠나지 않았다
                                    ─「텃밭 부부의 말」 전문

서로의

아픔은

발길

저 끄트머리

한 매듭으로

묶어두고

절면서 걷는 걸음
불빛으로 등을 감싼 채

눈이 먼 아내가
외다리 남편의 귀를 붙잡고

구멍 난
생활을 메우며
맨발로 가고 있다

—「실과 바늘」 전문

　이 두 편의 우화적 작품은 그 자체로 박태현 시의 실감실
정實感實情을 잘 보여 준다. 앞의 작품에서는 '호박'과 '오이'
를 '텃밭 부부'로 형상화하고 있다. 서로를 잘 안다고 생각하
여 뿌리째 텃밭으로 옮겨 함께 살기로 한 그네들은 열매가
서로 다른 것을 보고 원망했지만, 잎과 줄기가 소진할 때까
지 '텃밭 부부'로서의 인연을 지우지 않았다. 그런 '텃밭 부
부의 말'이 잎과 줄기가 말라도 함께한 '뿌리'처럼 살갑게 들
려오는 듯하다. 뒤의 작품에서는 '실'과 '바늘'의 떼려야 뗄
수 없는 관계를 노래한다. 역시 부부처럼 함께해 온 삶을
통해 이네들은 "서로의/ 아픔"을 발길 끄트머리에 "한 매듭

으로/ 묶어"둔 채 불빛으로 등을 감싸고 함께 걸어왔다. 마
치 눈먼 아내가 외다리 남편 귀를 붙잡고 걷듯이 맨발로 가
고 있는 모습이 우리네 그 옛날의 정겹고도 고달픈 부부의
상像을 빼닮았다. 이렇게 '호박/오이', '실/바늘'은 "오늘도/
제 그림자에 싸인 사람들"(「제 그림자」)처럼 호혜적 존재자들
로서의 경험적 소회를 함축적으로 들려주고 있다. 그리고
이러한 형상은 심미적 관조나 순간적 정서로 표현하기에는
복합적인 삶의 관계론을 단순 명료한 형식으로 표현해준다
는 특성을 드러낸다. 가장 짧은 양식을 통해 가장 강한 언어
에 도달하려는, 언어를 사용하면서도 언어의 명료함을 부
정하려는 역설적 노력은 이러한 긴장과 압축의 미학을 흔연
하게 가져오게끔 해준 것이다. 박태현의 시는 그러한 기율
이 반영된 실례라고 할 수 있을 것이다.

꽃들의 물감
참, 곱다

가지를 분질러봐도
뿌리를 캐봐도, 물감을 찾을 수 없다

캄캄한 흙 속에 있다

슬프다

더 좋은 물감을 찾아 흙 속으로 흙 속으로 파고드는
뿌리들

그 흙 속으로 들어간 조상들
아무도 밖으로 나오지 않았다
꽃들의 물감이 되고 싶어
아무도 밖으로 나오지 않았다

산 꿩 우는 날,
삽 들고 곡괭이 메고 물감 찾아 떠난 아버지

—「물감 속으로」 전문

　시인이 찬탄해 마지않는 "꽃들의 물감"은 가지를 분지르
거나 뿌리를 캐도 발견되지 않는다. 그것은 캄캄한 흙 속에
있을 뿐이어서 그것을 바라보고 듣고 만질 수 없는 시인을
슬프게 한다. 더구나 꽃의 뿌리들은 더 좋은 물감을 찾아 흙
속으로 계속 파고 들어갈 뿐이다. 그 옛날 "흙 속으로 들어
간 조상들"도 그 "꽃들의 물감"이 되고 싶어 아무도 밖으로
나오지 않았는지도 모른다. 산 꿩 우는 어느 날, 삽 들고 곡
괭이 메고 아버지는 "물감 찾아" 떠나셨다. 그리고는 그 물
감이 되셔서 저렇게 환하게 꽃들의 색채로 향기로 번져가고
계신 것이다. 우리도 그 꽃들의 물감 속으로 빨려들어 가는
순간을 매혹적으로 경험하게 되지 않는가. 박태현 시인은

아버지에 대한 "그리움을 결박할 순 없어도"(「그림자 족자」) 이렇게 물감이 옮겨가고 또 재생하는 전이적 상상력을 통해 그 그리움을 현재화하고 있다. 이렇게 시인은 농경 경험이 깊이 매개된 가족사의 기억을 노래하기도 하는데, 이때 시인의 언어는 회감回感이라는 서정시 특유의 원리를 통해 우리가 잃어버린 어떤 정겨운 시간에 대한 인지적이고 정의적인 충격을 선사해 간다. 이러한 회감의 상상력으로 박태현 시의 존재론을 다 설명할 수 있는 것은 아니지만, 그럼에도 그는 가장 중요한 시적 경험으로서 공동체적인 회감을 노래함으로써 '시'가 우리 모두의 집체적 공감을 함유할 수 있음을 명징하게 보여 준다. 우리가 여전히 이러한 음역音域을 강조하는 까닭은 그러한 회감의 원리가 우리 모두를 가장 근원적이고 궁극적인 관심으로 유도해 갈 수 있기 때문일 것이다. 다음도 그러하지 않은가.

    넓히는 것은 자제하고

    깊이는 보여 주지 않는다

    머물기보다는 흐르는 쪽이다

    지향하는 바도 흐름이지

    정지가 아니다

    어쩌다 달의 장난으로

    오르내리게 되었을 때의 억울함이여

    거짓 울음을 버리고

달빛을 끌어안으며

별들의 사랑을 들여

바다가 부르는 소리를 듣는다

그것을 위해서

오늘도 흐른다

생생한 발자취 따라

한 걸음씩 너의 길을

따라온 달빛

속속 잎새들 돋아난다

—「밀양강」 전문

　박태현 시인이 나고 자라고 지금도 터를 지키고 있는 고향을 관통하는 '밀양강'은 하나의 물리적 강물의 이름이 아니라 그대로 공동체적 역사의 흐름을 은유하는 형상으로 나타난 것이다. 넓이는 자제하고 깊이는 보여 주지 않는 '밀양강'은 "머물기보다는 흐르는 쪽"을 택해 왔다. 시인은 그 밀양강의 속성을 통해 자신의 삶을 회억回憶하고 성찰해 간다. 밀양강과 함께 살아온 자신도 '정지'가 아니라 '흐름'을 지향해 온 까닭이다. 장난과 억울함과 거짓 울음을 지나 시인이 다다른 "별들의 사랑"과 "바다가 부르는 소리"는 그대로 시인 자신의 성장사를 환하게 보여 준다. 그러니 우리로서는 생생한 발자취 따라 한 걸음씩 흘러온 밀양강을 따라 달빛이 속속 잎새들로 돋아난 과정을 상상하는 시인의 모습에서 그러한 생생한 순간을 간취하는 것이다. "어느 정든 이웃이 있어 눈길 한번 잡아주겠는가"(「꿈」)라고 했던 시인의 고백은 '밀양강'과 함께 흘러온 세월을 통해 어느 정도 엷어지지 않았을까 생각해 본다.

이처럼 박태현이 노래하는 가장 근원적이고 광활한 영역은, 그가 늘 구체적으로 만나고 있는 사물들이고 그 사물들 안에서 얻은 인생론적 지혜이다. 우리는 자연 사물의 이미지를 포착하고 묘사하여 그 안에 자신이 발견한 생의 근원적 가치와 상상력을 개입시키는 박태현만의 방법을 만나게 되는 것이다. 사실 우리의 기억 속에 자연은 공포의 대상이라는 속성과, 함께 살아가야 할 생명의 터전이라는 속성을 공유하고 있다. 그래서 우리는 자연을 다스리면서도 자연에서 뭇 생명들과 공존하는 지혜를 배워온 것이 아니겠는가. 또한 우리는 나무 한 그루를 잘라낼 때에도 동티가 날까 걱정하고 땅속의 소소한 생명을 배려하여 뜨거운 물 한 바가지도 함부로 땅에 버리지 않았다. 그러나 인간 이성이 고양되고 과학이 발달하면서 인간은 자연을 지배할 수 있다고 믿었고, 급기야 자신의 욕망을 위해 자연을 거침없이 허물어나갔다. 박태현의 시는 이러한 인간 욕망을 비판하면서 삶의 자연스러움에 대한 기억을 보존해 온 흔적으로 역력하다. 이때 그의 시는 우리를 둘러싼 수많은 생명들과 그 생명을 보듬고 있는 자연에 대해 우호적 기억을 형성하고 있는 것이다. 그리고 농경적 체험의 뿌리와 공동체적 기억을 줄곧 형상화해 온 결실을 지금 이렇게 보여 주고 있다. 단

연 웅숭깊고 융융하고 아름다운 그만의 미학적 성취이다.

5. 경험적 실감과 내면적 진정성의 적극적 결속

마지막으로 박태현의 시는 감각적이고 가시적인 표상을 넘어서면서 몸과 마음을 충일하게 하려는 시원始原의 에너지를 품고 있다는 점을 지적할 수 있다. 이러한 에너지는 그의 시를 발원케 하는 궁극적 원형이 아닐 수 없다. 그리고 그러한 기원과 궁극을 추구하게끔 하는 것은 그가 가지는 첨예한 '말'에 관한 자의식일 것이다. 사물의 심층에서 울려오는 '말'에 귀 기울이는 일관성은 그의 시를 구축하고 관통하는 가장 중요한 힘이자 빛이다. 또한 그의 시는 경험적 실감과 내면의 진정성이 적극 결속해 드러나는 특성을 견지하고 있는데, 그러한 결속을 가능하게 하는 예술적 양식이 바로 '시'인 셈이다. 그때 비로소 '시인 박태현'은 태어나고 각인된다.

마른논에
봇물을 넣고 써레질하자
봇물이 지나가는 연장선 위에
단단하던 흙덩어리들이
닥종이처럼 풀린다

허공에 무수히 인감을 찍어대던

선비들이 논바닥으로 내려왔다

굳기 전에 문서로 만들어야 한다며

다들 바쁘게 찍어댄다

뫼 산 자를?

다른 논을 마다하고

이 논을 산으로 만들라는 건지

평평한 논물을 당겨 가늠해 본다

쌀값이 헐해도 그렇지

농부는 그럴 생각이 없어

악착같이 써레로 지우는데

선비들은 저만큼 앞서서

더우면 부채를 부쳐가며 찍어댄다

점심도 거르고 농부는 지우는데

선비들은 미꾸라지로 생식을

해가며 찍어댄다

써레에 속도를 매달아 지우면

속도 뒤로 돌아가 몰래 찍어댄다

온종일 지켜본 하늘,

얼굴이 붉게 달아오르더니

마침내 먹물을 들이붓는다

온 논바닥에

—「문서」 전문

작품 제목 '문서文書'는 시인 자신이 가진 '글' 혹은 '시'를 향한 자의식을 집약하는 상징적 형식이다. 가령 그것은 활자나 문자로 이루어진 '문서'가 아니라 가장 구체적인 농경 사회의 세목으로 등장한다. 농부가 마른논에 봇물을 넣고 써레질을 한다. 봇물이 지나간 위로 흙덩어리들이 '닥종이'처럼 풀린다고 시인은 쓴다. "허공에 무수히 인감을 찍어대던/ 선비들"이 굳기 전에 문서로 만들어야 한다며 논바닥을 '뫼 산 자'로 찍어댄다. 농부는 논을 산으로 만들 수 없어 악착같이 써레로 그 글자들을 지워가고 선비들은 끊임없이 찍어댄다. 이렇게 써레로 지우면 몰래 찍곤 하던 교차적 모습을 종일 지켜보던 하늘이 얼굴이 붉게 달아오르더니 급기야 '먹물'을 들이붓는다. 노을 지고 밤이 오자 논바닥은 비로소 하나의 문서가 된 것이다. 박태현 시인이 바라본 문서는, 그 원의原義가 무엇이건 간에, '선비/농부'가 교차적으로 수행하는 '찍음/지움'의 반복 속에서 "시가 나를 가지치기"(「가지치기」)하는 순간을 바라본 결실로 주어진 것이다. 그래서 우리는 이 시편을 통해 '닥종이/인감/먹물' 같은 '문서'를 이루는 수행적 이미지들이 시편 전체를 감싸면서 어떤 압도적인 문서를 탄생시키는 장면을 상상해 보는 것이다. 이 모든 것이 '시인 박태현'을 가능하게 한 우주적인 스케일이자 가장 섬세한 예술적 디테일이었을 것이다.

이랑을 깔고 앉아

나는 김을 맨다

보리와 보리 사이 잡풀도
뽑고 겨우내 얼어 죽지 않은
돌멩이도 뽑는다

보리밭은 퍼석 말라
흙먼지가 말줄임표를 날린다
뒤를 돌아보았다 이랑 위
퍼질러 앉았던 엉덩이 자국은 무덤을
방금 파헤쳐놓은 것 같았다
잡풀도 남아있었다
돌멩이도 남아있었다

다시 일어나기 싫어하는
엉덩이 의존명사를 달래
밭머리로 또다시 돌아갔다
토씨처럼 보리 곁에
바짝 붙어있던 뚝새풀도 더 뽑고
그 흔한 은유의 돌멩이 더 골라내고
무덤 같은 표현의 구덩이는
직유로 평평하게 메웠다

풋보리
서정시가 일렁인다

―「퇴고」 전문

이번 배경은 '보리밭'이다. 그곳은 시인이 보기에 "풋보리/ 서정시가 일렁인" 순간들로 가득하다. 이랑을 깔고 앉아 김을 매던 '나'는 잡풀도 뽑고 돌멩이도 뽑는다. 마른 보리밭은 '말줄임표'로 날리는 흙먼지가 일어난다. 앉았던 자국은 무덤을 파헤쳐 놓은 것 같은데 잡풀도 돌멩이도 아직 남아있다. '의존명사' 엉덩이를 달래서 다시 밭머리로 돌아가자, '나'는 '토씨'처럼 보리 곁에 있던 뚝새풀도 '은유'의 돌멩이도 골라냈다. 그때 비로소 '나'는 "무덤 같은 표현의 구덩이"를 "직유로 평평하게" 메울 수 있게 되었다. 그 과정을 시인은 '퇴고推敲'라는 제목으로 포괄함으로써, 앞의 '문서'처럼, 인간의 노동과 자연의 순행 원리를 일종의 '쓰기'의 자의식으로 표현한 것이다. 자연에서는 "이곳은 말의 빨래터라고"(『솔숲에서』) 강조하고, 인간의 역사에서는 "낱말을 섞어 시죽을 끓인"(『죽을 꿈길에 끓이다』) 생을 드러내고 있는 것이다.

이처럼 내면 고백이라는 서정시의 오래된 기율을 넘어 박태현 시인은 농경 사회의 경험과 자연 사물의 모습을 본성 그대로 드러내려는 의지를 함께 충족해 간다. 그의 시는 대상의 본성에 귀를 기울이고 그 안에서 오랜 자기 확인의 충동을 수행해 간다. 그 점에서 그에게 '시'란, 삶을 담아내는 거울의 역할을 하기도 하고, 시인 자신의 감각과 사유를 변형적으로 수납하는 그릇의 역할을 하기도 한다. 그래서 '시'는 그에게 한없는 고독과 우주로의 열림을 동시에 선사하면서 순간과 영원, 사물과 내면, 평안과 방황을 동시에 던

져주는 유일무이의 언어적 형식이 되는 것이다. 그리고 그 밑바닥에 '말'에 관한 치열한 자의식이 숨겨 있음은 더 췌언을 요하지 않는 일이다. 그 독자적 차원이 바로 우리 서정시의 한 정점이 아닌가 생각해 본다. 이처럼 우리는 그의 "왕겨와 같이 많은 낱말들, / 마음의 풍구를 돌려 피운 이 시편들"(「시인의 말」)이 중중하게 뿌리를 뻗어가는 장면을 목도하게 된다. 이렇게 우리는 경험적 실감과 공동체적 기억으로 수행해 가는 시 쓰기의 위의威儀를 보여 준 시집 출간을 마음 깊이 축하드리면서, 박태현 시인만의 개성적인 시적 연금술이 앞으로도 더욱 드넓어진 진경進境으로 나아가기를 다시 한 번 앙망해 본다.